KB192631

발가락들이 먼저

푸른사상 동시선 25

발가락들이 먼저

초판 1쇄 발행 · 2015년 6월 5일
초판 3쇄 발행 · 2021년 5월 3일

지은이 · 신이림
펴낸이 · 한봉숙
펴낸곳 · 푸른사상
주간 · 맹문재 | 편집 · 지순이 | 교정 · 김수란

등록 · 1999년 7월 8일 제2-2876호
주소 · 경기도 파주시 회동길 337-16 푸른사상사
대표전화 · 031) 955-9111(2) | 팩시밀리 · 031) 955-9114
이메일 · prun21c@hanmail.net / prunsasang@naver.com
홈페이지 · http://www.prun21c.com

ⓒ 신이림, 2015

ISBN 979-11-308-0410-1   04810
ISBN 978-89-5640-859-0   04810 (세트)

값 10,500원

푸른사상
동시선

25

발가락들이 먼저

신이림 동시집

동시 보따리를 조심스레 풀어 놓습니다. 그동안 만났던 따뜻한 모든 인연들이 새삼 소중하게 느껴지는 순간입니다.

알 감자를 키우느라 자신을 희생한 씨감자. 일하느라 닳아서 깎을 것도 없던 할머니 손톱. 학교에서 만난 어느 아이의 까만 사마귀. 밭둑에 쓰러져서도 젖줄을 놓지 않던 고추나무. 똑같은 돌이지만 절을 받는 돌과 발길에 차이던 돌…….

이들을 동시로 쓰고 싶었습니다. 이들의 처지를 동시에서나마 함께 생각해 보고 위로해 주고 싶었던 것이지요. 그런 제 마음은 놀림받는 까만 사마귀를 분꽃 씨앗으로 만들기도 하고, 발에 차이던 돌을 주워 돌탑으로 올려 놓기도 하였습니다. 휠체어에 앉아 졸고 있는 외로운 할머니 머리 위에 나비 한 마리를 얹어 주기도 하고, 허름한 둥지에서 태어난 산비둘기 알이지만 그래도 꿈을 가질 거라고 믿게 되었습니다.

이렇게 태어난 제 동시가 여러분에게도 좋은 인연이 되었으면 좋겠습니다. 크게 싸워도 고물고물 발가락으로 화해를 하고, 천둥번개에 소나기까지 퍼부었지만 고운 무지개 한 줄로 미안한 마음을 표현할 줄 아는 어린이가 되었으면 좋겠습니다. 또한 도꼬마리처럼 늘 형에게 달라붙어 다니는 동생 이야기도 한 편의 동시가 될 수 있다는 걸 생각하면서, 직접 동시도 써 보는 어린이가 되었으면 합니다.

   동시집이 나오기까지 애써 주신 모든 분들께 감사의 마음을 전합니다. 특히 그림을 그리느라 수고가 많았을 우리 어린이들, 동시집을 예쁘게 꾸며 주어 정말 고맙습니다.

푸른 양의 해, 봄날
신이림

| 차례 |

제1부 씨감자 알 감자

표지원(구리 건원초 6학년)

6

제2부 도꼬마리 내 동생

제4부 할머니 손톱

정이루(인천 동수초 6학년)

알 감자는 자라서 다시 씨감자

제1부

씨감자 알 감자

물의 집

물의 집 소리는
다 다르지.

돌멩이가 들어갈 때는
— 첨벙!
나무토막이 들어갈 때는
— 텀벙!
빗방울이 들어갈 때는
— 토독. 토독.

물의 집 문 여는 소리
다 다르지.

이혜원(서울 유석초 3학년)

씨감자 알 감자

쭈글쭈글
씨감자,

토실토실
알 감자.

씨감자가 썩어서
키운 알 감자,

알 감자는 자라서
다시 씨감자.

진눈깨비는

눈도 아니고,
비도 아니고.

아니!
진눈깨비는

눈도 되고,
비도 되고.

소나기 오던 날

세찬 소나기
지나간 뒤,
평평하던 마당에
뾰족한 돌들이 드러났다.

숨기고 싶은
내 맘 같은 돌,
짓궂은 소나기가
다 찾아 놓았다.

신찬희(구리 건원초 2학년)

세상에 나오려고

나무껍질 뚫고 나온
새잎은 뾰족하다,
단단한 땅 뚫고 나온
새순도 뾰족하다.

세상에 나오려고
뾰족 부리 단 거다,
알껍데기 뚫고 나온
아기 새 부리처럼.

굴참나무 집

하늘다람쥐 살다 가니
곤줄박이 이사 오고,
곤줄박이 살다 가니
딱새가 이사 오고.

딱따구리가 만든
굴참나무 집,
집세 낼 걱정 없는
살기 좋은 집.

살았다

텃밭
찢어진 비닐 구멍으로
제비꽃 한 송이
볼쏙 고갤 내민다.

— 휴우, 살았다!

바람이
구겨진 꽃잎을 탈탈 털어 준다.
햇빛이
제비꽃 얼굴을 폭 감싸 준다.

정여완(인천 주안남초 2학년)

사과 씨앗

손톱보다 작은
사과 씨앗.

사과나무 한 그루
훌
쩍
키워 놓고

사과 속엔 또
언제 들어갔을까?

차이

주인 발자국 소리에
절로 힘이 솟는
배추,

주인 발자국 소리에
가슴이 콩콩 뛰는
잡초.

가을밤

— 찌륵찌륵!
　찌륵찌륵!

시끄럽게 우는
저 소리는
아가 풀벌레
잠투정일 거야.

— 씨르르
　씨르르

들릴 듯 말 듯
저 낮은 소리는
엄마 풀벌레
자장가일 거야.

이서훈(인천 석정초 6학년)

사이짓기

텃밭 사이사이
빈 땅 찾아
콩 심고 깨 심는
엄마처럼,

보도블록 사이사이
빈틈 찾아
민들레, 강아지풀
심어 놓은 바람.

* 사이짓기 : 어떤 농작물을 재배하는 이랑이나 포기 사이에 다른 작물을 심
   는 일.

26

새벽달

밤새
어둔 하늘 밝히다가
꾸벅꾸벅 졸면서 돌아가는
새벽달,

산마루에 걸려
넘어지면 어쩌지?
구름 한 조각 졸졸
따라가고 있다.

* 새벽달 : 음력 하순경에 날이 밝을 무렵에 보이는 달.

밤 풍경

달이 강에서
목욕을 한다.

별들도
퐁당 퐁당
뛰어든다.

어둠 밀어내고
속을 열어

점 점
환해지는
강물.

진현진(인천 갈월초 3학년)

불씨

아궁이 속에서
활짝 핀 불꽃,
꽃이 지면서
씨를 남겼다.

반짝반짝
살아 있는,
재 속
빨간 불씨들.

봄잠

햇볕 따스한 날,
흰나비 한 마리 팔랑팔랑 오더니
하얀 할머니 머리 위에
살포시 날개를 접는다.

휠체어에 앉아
꾸벅꾸벅 졸고 있는 할머니 따라
흰나비도
끄덕끄덕 봄잠을 잔다.

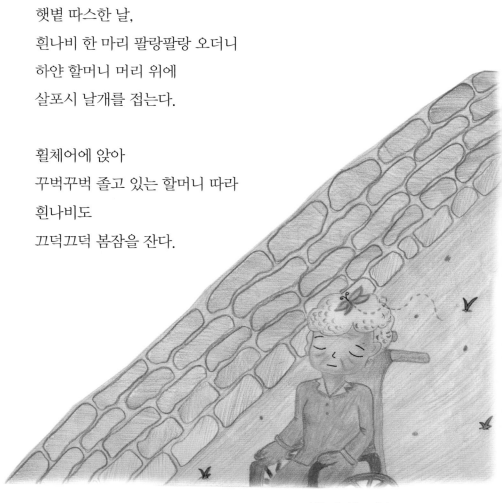

표지원(구리 건원초 6학년)

형, 나도 델꼬 가

제2부

도꼬마리 내 동생

발가락들이 먼저

크게 싸워도
이불 속에만 누우면,

— 꼼지락 꼼지락! (미안해, 형.)
— 꿈지럭 꿈지럭! (내가 더 미안해.)

발가락들이 먼저
화해를 합니다.

김창성(서울 구남초 6학년)

보이지 않는 길

산새가 포롱포롱
날아가는 길,
물이 우듬지로
올라가는 길.

하루에도 몇 번씩
머뭇거리며,
내 마음이 너에게로
다가가는 길.

꼭꼭 숨겨도

주머니 속 봉선화 씨앗
여름 볕이 찾아내고,
콩꼬투리 속 콩알들
가을볕이 찾아내듯,

꼭꼭 숨긴
머릿속 내 생각,
울 엄마는 콕콕
잘도 찾아냅니다.

도꼬마리 내 동생

잠든 것 같아 살그머니
문을 나서면

― 형, 나도 델꼬 가.

어느새 따라 나와
손 꼭 잡는 내 동생.

떼어내도, 떼어내도
자꾸만 달라붙는

도꼬마리 같은
내 동생.

송채원(용인 효자초 6학년)

분꽃 씨앗이 된 사마귀

— 염소똥!
— 토끼똥!

툭하면 친구들 놀림받는
내 까만 사마귀.

그래도 짝 순이는
방그레 웃으며 말한다.

— 아냐,
   그건 분꽃 씨앗이야.

최근영(서울 유석초 3학년)

산돌림

우리 동네서 쫙쫙
산 너머 가서 쫙쫙,
이리저리 소낙비 뿌리며
장난질하는 산돌림.

우리 반에도
있지!

옆을 보고 툭툭
뒤돌아보며 툭툭,
잠시도 가만있지 못하고
장난질하는 병만이.

* 산돌림 : 국지성 호우.

얼레와 연

너무 풀면
까마득히 날아가고,
너무 감으면
곤두박질치는 연.

감았다, 풀었다, 풀었다, 감았다……,
울 엄마는 지금
사춘기 형을 달래는
바쁜 얼레다.

꾸중 주의보

학습지도 안 해 놓고
숙제도 안 해 놓고
접시는 깨뜨리고
동생 무릎은 까지고.

어떡하지?

엄마 올 시간은 다 됐는데
펑펑 쏟아질 엄마 꾸중,
아, 어쩌지?

박성연(서울 유석초 3학년)

도깨비바늘

내가
그렇게도 좋아?
쿡, 쿡,
자꾸만
찔러 대게.

정말 내가
그렇게도 좋아?
떼어내도
자꾸만
달라붙게.

아껴 둔 용돈

떡볶이집 지나면서
군침이 꿀꺽,
문방구 앞 지나면서
눈이 힐끗,
안 돼!
겨우겨우
입 달래고 눈도 달랬는데,
지하도를 건너던 내 발
우뚝 멈추고 말았다.

내 동생만 한 아이가 내민
껌 한 통 앞에서…….

나는 바람개비

살살 불면
살살 돌고

세게 불면
세게 돌고.

엄마는
바람,

나는
바람개비.

김세찬(인천 용연초 1학년)

약도 그리기

약사 아빠가 그린 약도엔
바다약국, 복음병원, 누리약국.

엄마가 그린 약도에는
롯데마트, 하나은행, 유정식당.

형이 그린 약도에는
정석학원, 해저PC방, 명성학원.

정말 이상해.
왜 문구점이나
떡볶이집 같은 건 없는 거지?

귀에도 밥을

텅 빈 집에 들어갈 때마다
귀 고픈 소리.

— 우리 딸, 어서 와.
　힘들었지?

다정한 엄마 목소리
밥으로 주고 싶다,
내 귀에도.

* 귀 고프다 : 실컷 듣고 싶다.

친구 할래?

돌계단 구석진 곳에
홀로 핀 풀꽃 한 송이.

벌도 찾지 않고
나비도 찾지 않고.

가만히 다가가 곁에 앉았다.
― 우리 친구 할래?

정솔지(인천 주안남초 5학년)

마우스

긴 꼬리
변종 생쥐,

틈만 나면
갉작갉작.

숙제할 내 시간
갉작갉작.

천유림(서울 구남초 1학년)

자갈돌은 개운하다고 달빛 아래서 반짝이고

제3부
고만큼

고추나무

태풍에 가지가 찢겨
쓰러진 고추나무,
밭둑에 누워서도
고추를 익히고 있네.

젖줄 놓지 않은 채
잔뿌리 몇 가닥으로
빨갛게 가을을
익히고 있네.

유나경(고양 한수초 2학년)

고만큼

묶어 놓은
상구네 염소는
고삐 길이만큼만
제 땅.

풀어 놓은
순이네 염소는
온 들, 온 산이
다 제 땅.

몽돌

— 예쁘다, 예쁘다.

바닷물이 얼마나 쓰다듬었으면
저리도 매끈매끈
고운 살결 됐을까?

— 착하다, 착하다.

바닷물이 얼마나 칭찬했으면
저리도 동글동글
웃는 얼굴 됐을까?

* 몽돌 : 모나지 않고 동글동글한 돌.

이름 찾아 주기

오리나무로 만들었다는 내 책상
너도밤나무로 만들었다는 내 서랍장.

미안해.
너희들이 초록 잎 무성한 나무였다는 걸
깜빡 잊고 있었지 뭐야.

— 오리나무야
— 너도밤나무야

앞으론 가끔씩
이렇게 불러 줄게.

문서진(서울 상명초 2학년)

사과하는 방법

갑자기 먹구름 몰고 와
천둥이랑 번개랑
한바탕 쏟아 놓더니

소나기,
제 딴엔
미안했나 보다.

고운 무지개 한 줄
하늘에 척
걸쳐 놓았다.

최윤지(서울 유석초 3학년)

자리에 따라

발에 밟혀
귀찮던 돌멩이들,
할아버지 손에 들리더니
돌탑이 되었네.

천덕꾸러기 돌멩이들
돌탑이 되더니,
사람들에게서
절 받고 있네.

나무 받침목

휘어지진 않을까
쓰러지진 않을까
가로수를 감싸고 있는
나무 받침목.

산 나무 쓰러질까 봐
죽어서도 곁에서
단단히 붙잡아 주는
나무 받침목.

신발은

일할 때도 쉴 때도
함께하는
다섯 발가락
단칸집.

들창 하나 없어도
머리 맞대고
함께 사는
정겨운 집.

정주온(군포 당동초 2학년)

꽁꽁

수도꼭지도 꽁꽁
물걸레도 꽁꽁
길도 꽁꽁
아빠 일자리도 꽁꽁.

언제 끝날까?
이 추운 겨울은.
언제나 올까?
따뜻한 봄은.

입바람

후우~
꺼져 가는 불씨
살려 내기도 하고

후!
살아 있는 불씨
끄기도 하고.

껐다가
살렸다가
마음대로인 입바람.

세상에서
가장 힘센
입바람.

*입바람 : 입을 오므려 불어넣는 공기.

빨래집게

햇빛 좋은 날이면
빨래집게는
좀이 쑤실 거야.

양말, 너!
치마, 너!
도망가면 알지?

하루 종일
눈 부릅뜨고
지켜봐야 할 테니까.

신다인(구리 건원초 6학년)

가을에는

가을 풀밭에
들어섰더니,

— 나도! 나도!
— 나도! 나도!

앞다퉈 옷섶에
달라붙는 풀씨들.

툭툭 털어내려다
그냥 두었다.

풀씨들도 가을엔
소풍 가고 싶을 테니까.

우린 괜찮아

성긴 나뭇가지에
얼기설기
허름한 둥지.

그 속에서도
산새 알
반들반들.

그 속에서도
날고 싶은 꿈
무럭무럭.

밤바다

좌르르~
좌르르~

파도는 물거품으로
자갈돌을 닦아 주고.

좌르르~
좌르르~

자갈돌은 개운하다고
달빛 아래서 반짝이고.

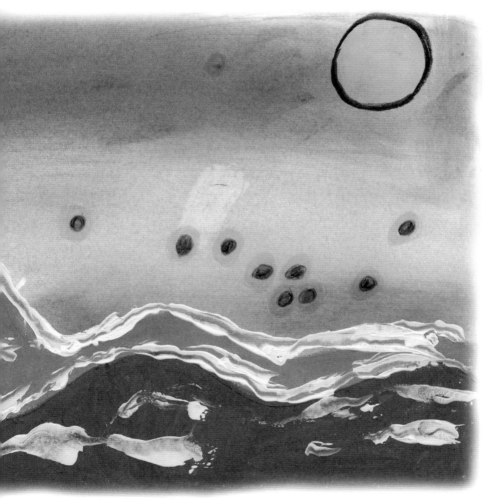

김유빈(인천 문학초 5학년)

끙끙

고구마 자루를 등에 지고
계단을 오르는 택배 아저씨는
짊어진 짐이 무거워
끙끙대고,

택배 아저씨 등에 업힌
자루 속 고구마는
미안한 마음이 무거워
끙끙대고.

김하은(고양 저동초 2학년)

못생겨진 할머니 손톱, 깎을 것도 없네

제4부
할머니 손톱

동무

하얀 머리에
구부정한 허리
두 할머니 동무해서
시장 다녀옵니다.

또각또각
온몸으로 아픈 허리 받쳐 주며
지팡이도 동무해서
시장 다녀옵니다.

이동민(인천 용현초 6학년)

아가는 일하는 중

아가가
젖샘에서 젖을 긷는다.

콧잔등에 송글송글
땀방울이 맺히도록,
뽀얀 얼굴이
발그레지도록,

쪽쪽
소리로
젖을 긷는다.

털실

장갑을 뜨려고
엄마 스웨터를 풀었다.

처음엔
곧고 매끈했다는
털실,

꼬불꼬불~~
꼬불꼬불~~

많이도 변해 버렸다,
엄마 옷으로 사는 동안.

할머니 손톱

깻잎도 톡. 톡.
손톱으로 따고,
삼 껍질도 싹— 싹—
손톱으로 훑고.

일하느라
못생겨진
할머니 손톱,
깎을 것도 없네.

* 삼 : 삼베의 원료가 되는 식물.

정이루(인천 동수초 6학년)

막돌

채소밭 일굴 때
밭둑으로 버려진 막돌,

한데 모여서
담이 되었다.

채소들 지켜 주는
밭담이 되었다.

* 막돌 : 쓸모없이 아무렇게나 생긴 돌.

사그락담

빈 병 모아서 천오백 원,
폐지 모아서 칠백 원……
사그락담 쌓듯 모은 돈이
백만 원이 되던 날,
우리 동네 청소부 아저씨
통장 하나 만들었대.
치료비가 무서워
병원에도 못 가신다는
혼자 사는 할머니,
사그락담 통장으로
환한 웃음 만들어 드렸대.

* 사그락담 : 아주 자질구레한 돌로 쌓은 담.

비 오는 날에도

어미 제비가 젖은 깃을 털며
처마 밑으로 날아든다.
부리 노란 새끼 제비들
입을 벌리고 아우성이다.
먹이를 나누어 준 어미 제비,
젖은 깃이 마르기도 전에
또 빗속으로 날아간다.

김동식(인천 숭의초 3학년)

연잎

꽃 공양 올리고,
밥 공양 올리고,
할 일 다 끝낸
연잎들.

꼬르륵
꼬르륵

아늑한 물속 집으로
새 옷 갈아입으러 갑니다.

기우뚱

우산 하나 속에
아빠와 엄마.

바람도 없는데 우산은,
아빠 쪽으로 기우뚱
엄마 쪽으로 기우뚱.

우산으로
마음을 건네주고 있다.

바람 없는 날

참선하는 스님들
졸지 못하게 하겠다고
대웅전 처마 밑에
풍경이 된 물고기,

— 높아서 안 무서워?
— 등지느러미 안 아파?

아무리 물어봐도
오늘은 스님 따라 묵언 수행 중인지
대답이 없다.

눈싸움하던 날

우리는
뜨끈뜨끈한 아랫목에서
쿨쿨 잠이 들고.

신발들은
뜨듯한 부뚜막에서
기우뚱 잠이 들고.

강아지는
아궁이 옆에서
고롱고롱 잠이 들고.

있으나 마나

논에 가던 덕이 아빠
삽 빌리러 들르고,
밭 매던 순이 엄마
물 마시러 들르고,
있으나 마나 한
할머니 집 대문,
봉구네 삽사리도
늘어지게 자고 가네.

우종민(화성 반석초 4학년)

수목장

굴참나무 아래
할아버지를 모시던 날,

— 잘 모시겠습니다.
약속이라도 하듯,
굴참나무가 푸른 이파리 한 장
툭 떨어뜨려 주었다.

— 잘 부탁드립니다.
인사라도 하듯,
아버지는 굴참나무 뿌리 언저리를
몇 번이고 꼭꼭 다져 주었다.

* 수목장 : 시체를 화장한 뒤 뼛가루를 나무 밑에 묻는 장례.

모습은 바뀌어도

스웨터로 살다가
조끼로 살고,
목도리로 살다가
장갑으로 살아도,
털실 마음은 그대롭니다.
따뜻한 천성은 그대롭니다.

* 천성 : 어떤 사람이나 사물이 본래부터 가지고 있는 품성.

승강기를 탄 귀뚜라미

— 넌 몇 층에 가니?
　(폴짝폴짝)
— 내가 눌러 줄까?
　(폴짝폴짝)

— 알았어.
　맨 꼭대기 층!

꼭대기 층서부터 아래로
귀뚤
　　귀뚤
　　　귀뚤
　　　　귀뚤
가을 배달 온 거지?

정미채(인천 굴포초 5학년)

동시 속 그림

표지원(구리 건원초 6학년)

정이루(인천 동수초 6학년)

이혜원(서울 유석초 3학년)

신찬희(구리 건원초 2학년)

정여완(인천 주안남초 2학년)

이서흔(인천 석정초 6학년)

진현진(인천 갈월초 3학년)

표지원(구리 건원초 6학년)

김창성(서울 구남초 6학년)

송채원(용인 효자초 6학년)

최근영(서울 유석초 3학년)

박성연(서울 유석초 3학년)

김세찬(인천 용연초 1학년)

정솔지(인천 주안남초 5학년)

천유림(서울 구남초 1학년)

유나경(고양 한수초 2학년)

문서진(서울 상명초 2학년)

최윤지(서울 유석초 3학년)

정주온(군포 당동초 2학년)

신다인(구리 건원초 6학년)

김유빈(인천 문학초 5학년)

김하은(고양 저동초 2학년)

이동민(인천 용현초 6학년)

정이루(인천 동수초 6학년)

김동식(인천 숭의초 3학년)

우종민(화성 반석초 4학년)

정미채(인천 굴포초 5학년)